لمبة جاز

ديوان شعر باللهجة العامية

فادى زكى

Published by FlowerPublish

ISBN 978-1-989352-14-4

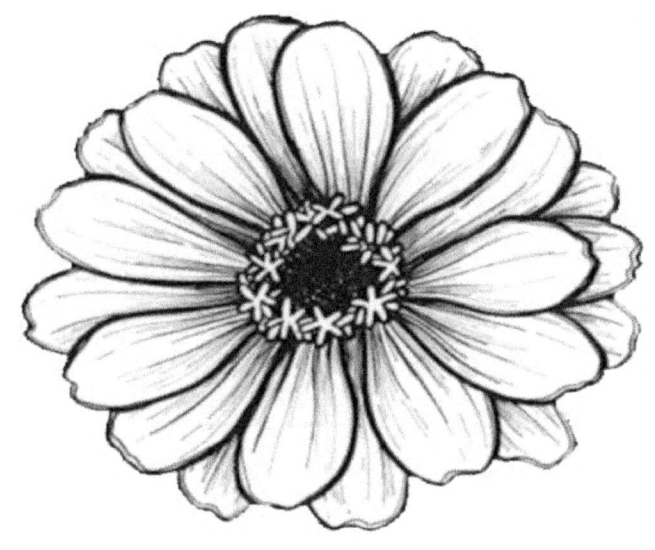

Flowerpublish
www.flowerpublish.com
Montreal, Canada

فذلكة

بإختصار وبدون فذلكه

وبدون حلفان

أنا كاتب الكلام ده من زمان

بس كان صعبان عليا الورق

من التراب إلى عليه يتهان

والكلام إلى صدق يتحبس ما يبان

وزى ماقالوا كل وقت وله أدان

وحان نشر الكلام الى كان الأن

إهداء

إهداء للى عايشيين ميتين
إهداء للطين
الى من صلبه أنا إتكونت
إهداء لإله
مازلت في حيرة معاه
بالرغم من أنى آمنت
إهداء للناس الطيبيين
إلى هما أهلى
إهداء للحلم إلى بيندهلى

خلاص يا مصر

خلاص يا مصر

شوفى غيرى

أيوة، لومش عليا بتغيرى

شوفى غيرى

إخلى سبيلى

وماتجليش

بعد ما خبطت على بابك

ورمتينى لكلابك

تقلقى ليلى

وتبكيلى

ماتحاوليش توجعيلى ضميرى

وماتحسسنيش بذنب

ما أنتِ ياما وجعتى فيا

ويا ما أكلت ضرب

بتسمى ده إيه؟

حب؟

لأ، ديه سادية

أنتِ مش أمى

الأم مابتستحملش

على ولادها القاسية

8

أنا إتمنيت أفضل على أرضك

أتحمل حرك وبردك

لكن كان صعب عليا أتحمل الإهانة

ماحدش مد إيده عليا اه

بس تكميم الفم خيانة

وأنا عندى حرية التعبير أمانة

وبأمانة هاتيلى حد حبك قدى

وطلب يدك ليدى

وحفى علشان تعدى

عديتى أنتِ ودوستى

بالمداس على غدى

كان وردى بيتفتح

نفسه الندى يسقيه

جه ظلام العدى

خنقه وغطى عليه

مالقتش أنا مطرح

حتى أبيت فيه

خدت أغراضى

لا مرضى ولا راضى

وهجيت أشوف النور

في قربك دقت مرار

وفي بعدك ما شفت سرور

الكل عمال عليكى يدور

بالدور

وأنا بدور في كون تانى

لا كنت في يوم طماع

ولا كنت في يوم أنانى

بس من حرقتى

من قهرتى

من قلبى الى بيعانى

قلت شوية كلام

وأنا عارفك مسامحانى

وبرغم كل قساكِ

يا مصر وحشانى

لمبة جاز

لمبة جاز
أخر ضوء فيها
وبعديها ييجى الضلام
وتتطفى الأحلام
وكلام الجيران محاوطنى
مليان أحزان
يعنى ايه تغمس لقمتك فى الظلم
وطبعا تبات جعان
وتصحى على زحمة طريق
والطريق عميق متعب
وجواك متشعب
بس بيوصل لنفس السد
حاجة تهد
بتهبب ايه
ديه جارتى سنية
كدة مفترية
بتعاتب ابن البواب
هى الحقيقة شتمته
بس أنا علشان مؤدب هسميه عتاب
ده عنده ست سنين

يفهم ايه أن جارتها نيفين

أخرته عليها ساعتين

علشان خلص اللبن

والواد بيعيط

وجوزها إلى فاكراه فى الشغل

راح يبلبط

وواخد فى ايديه زميلته حنان

مطلقة وتعول

ومش لاقية إنسان مسئول

يحللها موضوع القضية

ما هى فى الأخر ولية

المحل كان شغال

بس خده عم العيال

وجمال ده مشكلة

حاجة مخجلة

غير ناصر أخوه

بس علشان ناصر

راح العراق لأجل الأرزاق

فالحكاية بقت سايبة

ومراته الخايبة

واقفة تتفرج

وبنتها يارا

عمالة بتهرج

حلوة شويتين

حتى أحلى من أخوتها الأتنين

فشايفة نفسها

على باقي البنات

وياسر فات يطلب إيديها

بس هي محتارة

علشان شادي

كمان من الحارة

وبيلاغيها

ما يعرفش أن ياسر

بيكلم أخته دانا

وبيضحك عليها

وبيقولها نفس الشيء

مع أن شادي بيكلم أخت ياسر

بس هي مليانة

ممكن تفطر حليتين محشى على الريق

بس أبوها المعلم عبد العليم

هيعيشه مرتاح

فالوزن مش مشكلة

بكرة تعمل رجيم

مايعرفش أن كله راح

فى البورصة

علشان الباشمهندس رضا

كان فاكر أنه فاهم فى الأسهم

وقاله أنها فرصة

بس هيثم إبنه حذّره

ودلوقتى بيصبره

ده هيثم إلى عايز يدخل كلية الشرطة

مش هيثم إبن نادر الصيدلى

إلى كان هيودى أبوه فى ورطة

وبيبيع أدوية من ورا ضهر أبوه

والإتنين فى نفس المدرسة

وبيتقابلوا بليل فى قهوة

وتالتهم حبسوه

بيقولوا المخبرين أخدوه على سهوة

فيه إلى بيقولوا كان عيل فاقد

وفيه إلى بيقولوا ظلموه

وده الرأى السائد

بس أمه المسكينة عمالة تلف على المحاكم

والديون عمالة تتراكم

والمحامى عاطف جارها

عايز منها ألفين جنيه

كأنه ما صدق

14

طيب هى تجيبله منين

يعنى تروح تسرق

ما تعرفش أن أبوه على الفرشة راقد سنتين

وبرغم المرض لا أتكلم ولا أعترض

والدكتور فاروق الجيار

بيقوله لوالعملية ما أتعملتش أبوك هيموت

بكرة هيتحط فى تابوت

يعنى الإتنين فى نفس النار

وأمين الشرطة عواد بعد زيارته للبلد عاد

وبقى صعبان عليه الواد

مش علشان عواد طيب بس علشان

عارفه وعارف أمه

وعارف القصة

بس تبقى كارثة لما بيمسك حد

الله لا يوريك

ما هوخايف من الظابط علاء

وعلاء ده عامل فيها ديك

مع أن علاء فى البيت

بيسمع كلام مراته سالى

خدها من بيت عالى

يعنى شكل إجتماعى

وإفتكر أنه ناصح وواعى

15

علشان كان من نفس الحارة

فكان عايز يغير توبه

ويتخفى ورا ستارة

متعرى من شغلة أبوه

ولا سئل ولا ميل على أخوه العيل

إلى واقف قدام سنية

جارتى المفترية

إلى بتشتمه علشان إبن بواب

وأنا علشان مؤدب بسميه عتاب

بيموت الكلام بعدى

إحتمال مايجيش النهار

طب وإيه يعنى

وإحتمال أموت فى الليل

ويموت الكلام بعدى

لا الكون فى يوم ساعنى

ولا العصافير عرفت

فى يوم أغانيا

ولا الضرير فتح

وبص فى عنيا

وده مش ذنبى

ولا كان العيب فيا

وإيه يعنى

أضحك أوأبكى

أوأتجنن وأثور

لو جوا زنزانتى

مكلبشين النور

وطافيينه

وبانيين السور

ومعليينه

كأن الحابسة مش كافية

17

ولا غشامة السجان

لوأعرف الناهية

وضرب الودع بيبان

لكنت غيرت دنيتى

الجغرافيا والسكان

ولصبحت فى مكان

وزمان تانى

يعرفوا فيه

قيمة الإنسان

من الدايرة

لقد رأيت كثيرا جدا

حتى لم تعد تثيرنى الأشياء

وكتبت كثيرا جدا

حتى تداخلت الكلمات

قد كنت طفلا يوما

متقد الذكاء

حتى عندما إمتدحوا وسامتى

لم يغرنى الثناء

وحسبت يوم ولادتى

كيوم وفاتى

ما بينهم ليس إلا

زمن يسمى حياتى

...

قد كتم السر فى قلبى

حتى نسيته

وعندما وجدته

نسيت معناه

هذه سنة الحياة

...

أجلس أمامى على المقعد

أدون أقوالى

كان عسيرا جدا أن أعرفنى

لولا تذكيرى لى بأحوالى

...

قعدت وأنا تلات سنين

قدامى على الكرسى

أحكى

ما أنا ماكنتش بنطق بس كنت

بحكى

ولسة كنت هفرح

فرحان بالمطرح

وبالعيلة

غمضت عينى

فتحت عينى

لقيتنى قاعد ست سنين

صرخة أنين

أبويا مات

فى قلب ليلة

أتزحزت شوية من على الكرسي

كان زلزال

أبويا مات

وساب لأمى العيال

أنا وأختى

أغراب فى بلد غريبة

قالت ألم خلجاتى

أروح لبلدى

وأخواتى عزوتى

واللمة القريبة

طلع نأبها على شونة

والحلم فاشوش

بلدها طلعت غابة

وإلى فيها وحوش

تمنتاشر سنة كبرت

وكبرت فيا الذكورة

لا كنت بشرب سيجارة

ولا ليا فى لعب الكورة

بس كان فيه حلم بيطاردنى

حلم عفيف

حلم مايجبش حق الرغيف

مغموس فى عشق النسوان

كنت كما الحمامة البريئة طايرة

فى زراق السما

وكنت كما التعبان

قايد فى جنتى بركان

شب ونما
والحلم كان كلمة
أكتب الحكمة
تطلع مسرحية
ولا حتى أغنية
مش مهم الشكل
المهم المعنى
إتقالى هو أنت نفعت نفسك
لما هتنفعنا
طب وإلى قطع ودانه ده إيه
ولا إلى غمس لوحته بدمه
وإلى أنتحر لما زرادتش إكلم
وإلى كان عنده تمن سنين ولسة
بيرضع من صدر أمه
ولقيتنى فى العشرين
بمسك بتلابيب الحلم قبل مايفوتنى
بس لقمة العيش مُرّه
مررتنى ومررت حلمى
تلات سنين فى كابوس
وتلاتة زيهم مش عارف أخرج من الدايرة
زى أيوب من غير ذنب
زى يوسف وقعت فى الخية

برفع راسى

لقيتنى فى التلاتين

من غير ما أحس أتكرت السنين

شايف قلبى مات

وجسدى بس الى حى

خلاص الى فات فات

والى راح مش قد الى جى

أحسنلى أمشى من سكات

وأسيبنى على الكرسى قاعد شوية

يمكن أحسب أوما أحسبش الساعات

فى الأخر هى هى

كلام مهجور

أنا بصحى لما الناس كلها بتنام
وببيقى في قلبى كلام
محشور
مهجور من ألف عام
جوايا مش طالع
مع أنى مش طامع
ولا أنانى
ولا عايز شيء ليا
كل الى عايزه إنسانى
أنا حتى لما بحب
بحب جوايا
ولما بحزن
برده جوايا
وجوايا حكايات وبنى ادمين
وناس تانيين
تقولى تعالَ ع القهوة
كأن الوقت مش غالى
ولا كأنى على بالى
ولوخنقتى كانت هتروح في الدخان
كنت ولعت الحجر ورا التانى

وبالرغم من أنى مانيش جبان

لكنى بتعب وبأعانى

أنا ما بيستهونيش الألم

ولا كنت منتظر منه نكون أصحاب

أنا كنت بحب الأمل

بس الأمل طلع كداب

خدنى للسما السبعة

وسبنى اهوى على جدور رقبتى

كأنى صبحت في إيد الحياة لعبة

تلعب بيها دلوقتى

ولما تزهق منها ترميها

وترجع تقولى وإيه يعنى عديها؟

خلاص بقيت فرجة يتفرجوا عليا؟

ولا شروة يبيعوا ويشتروا فيا؟

سألتنى سؤال والإجابة بضمير

دفنت إيه منك بتترحم عليه؟

قلتلها دفنت حبك وقربك

يوه دفنت حاجات كتير

قالتلى منك؟

قلتلها ما أنتِ كنتِ منى وأنا كنت ليكِ

ده كان قابله قلوبنا متبادلة

قلبك فيا وقلبى فيكى

25

بس أنتى ما صنتيش
تعرفى أنا الحقيقة ماحبتكيش
أنا حبيت شعورى بيكى
أنا رسمتك من خيالى
وكتبتك في أشعارى
وأهوخلاص فقت من حلمى
ومش مهم الى يجرالى
تعرفى ماحدش مات من الحب
بس فيه الى مات من الجوع
وبالرغم من أنه شيء مش سهل
أنه قلبى يبات موجوع
بس فيه الى يستاهل
الست الغلبانة والعيل المسكين
لوأنا مابقتش صوتهم
هيجيبوا صوت منين
علشان كدة لازم الكلام يطلع
ويتسمع ويتسّمع
وأرجع أصحى لما الناس كلها تنام
ويبقى في قلبى كلام
محشور
مهجور من ألف عام
جوايا مش طالع

بنات الشوارع ورد النيل

بنات الشوارع ورد النيل
لا ريحة حلوة
ولا شكل جميل
بالرغم من أن جواهم كتير
لكن لسانهم قاصر عن التعبير
ليه يا مصر سايبة بناتك الورد
على الضفاف في البرد
ميتين من الجوع
ليه ماحمتيش برائتهم
ليه مافرحتيش بشقاوتهم
ولا أنا المخدوع
فيكى مضحكات بتبكى
بس أنا الى مش بحكى
وأهوقررت أكون حكاوتى
وماخبيش حكاياتى
وهتشوفى في مراياتى
كل يوم بيمر
العسل المر
البنات دولا أخواتى
من صلبى ومن صلبك

واّهتهم اّهتى

وهمهم همك

كان نفسهم يدفوا من شمسك

كان نفسهم يتعتقوا من أمسك

ويطلع عليهم فجر جديد

فهموا أن أحنا فيكى عبيد

صرخة فتاة في عز الليل

تصرخ صراخ بقلب ذليل

بس الى كان أهوكان

إزاى بقيتى الأم والسجان

الكلاب على بناتك إتجمعوا

ولا فيه ناس قلوبهم إتوجعوا

بحاول أحكى الحرقة مانعانى

وبنات الشوارع ورد النيل

جايين جايبين بنات تانى

يا ترى هيشوفونفس المصير

وجيل بيسلم جيل

ولا تغيير

ولا الأمل ممكن يدق ببان حدايقهم

والنور يملى ضلام كان مضايقهم

والحلم يصبح قابل التصديق

ولا ده حلم غير قابل التحقيق

شاهد جبان

أنا جوا قلبى مسجون من زمان
جوايا صوت نفسه يصرخ فى كل الكون
ويحس بالأمان
نفسه يعرف ذنبه إيه علشان يتخان
واحد صديق فى زى غير الديب
بس الديب أهوبان
وواحد كان من المفترض صديق
بس فضل واقف شاهد جبان

ولمين أروح
وأقول لمين
ليه إتخرس لسان
الناس الطيبيين
ماعدتش أشوف
فى النور
إلا ضلمة وخوف
وبس شرور
...
معقول أعيش حياتى
ما أعرفش أنا مين

وأمشى فى طريق

ما أعرفش لفين

وأفضل هنا مسجون

ما بين ماضى وحاضر

وييجى بكرة يفوت

وأقول حاضر

وتعدى السنين

...

الى واقف فى المرايا ده أنا

ولا واحد غير

واحد ماتت فى عينيه الرحمة

وضاع الخير

والتانى واقف فى وشه ضمير

بيقوله حاسب، شايف

فى وشك إتنين بيتعاركوا

والإتنين ماينفعش يتشاركوا

وأنت عليك تختار

ده أمر راجع ليك

ومش إجبار

يا تختار تكون زيهم ديب

يا تختار تكون إنسان

أنا جوا قلبى مسجون من زمان

جوايا صوت نفسه يصرخ فى كل الكون

ويحس بالأمان

نفسه يعرف ذنبه إيه علشان يتخان

واحد صديق فى زى غير الديب

بس الديب أهوبان

وواحد كان من المفترض صديق

بس فضل واقف شاهد جبان

ربنا أدرى

حزين زى البحر

غرقان فى الهموم

شايل حمل أكبر من حمله

فيه الى بيجيلوا نوم

وفيه الى بيعد النجوم

أما أنا فبشرب من الحزن

مهما يملوا

جوايا مدن وبيوت

وقصص قديمة دبلانة

هبتديلكم بقصة فيهم

وأخرها يا تقوليلى

وحشة

يا تقوليلى

عاجباناه

...

بلدى بتنام كئيبة

ست شقيانة

من تعب النهار وهمه

عرقها سايل على جسمها

بطرف الجلبية بتلمه

كان نفسها تحبل بحلم

بس كل حلم كان بيموت

إتريقوا الحريم عليها

وعلوا عليها الصوت

كل واحدة مخلفة دستة

بيلعبوا على البسطة

وهى كان نفسها فى حلم

فى حضنها يبات

تربيه وتكبره

وتعلمه من سكات

...

كانت فى يوم صبية

حلوة بضفيرتين

الكل كان طمعان فيها

واقفنلها على الصفين

لما تعدى الشارع

كان بيتهز

غالية بنت غالى

كانت ربابة عز

ماكانتش تعرف خوف

مش على بالها

بس عارفين الظروف

بتغير للناس حالها
واليتم لما تدوقه
بيكسر
والبنية إتيتمت
ودابت كما السكر
فى بحر بكا ونواح
مش عارفة فى ليلة تنام
ولا عارفة فى يوم ترتاح
والطمعانين كتروا
جوزوها بالغصب
ومات جوا الصبية قلب
وصبحت كما القشة
مش ديه كانت زينة البنات
قد إيه الدنيا ديه وحشة
كانت بتتاقل دهب
مابقاش فى إيديها
غير شوية تراب
نفسها تعود للأرض
مايصبحوش بعد أغراب
لكن الى إتمنته ماجاش
وفضلت على نفس الحال
وبختها مال

زوج يموت أويغور

ييجى زوج ألعن

مرة واحد بلسان غريب

ومرة واحد بدقن

بس ولا فيهم حد فكر يحن

وأخرهم واحد على كتافه دبورتين

وهى هتلاقيها من مين ولا مين

كان نفسها تحبل بحلم

على إيديها يتربى

مات الحلم جواها

وكل ما يسألوها ليه

تقولهم ربنا أدرى

ربنا أدرى

صانع قرار

أنا لما بكون مخنوق

بكتب

علشان الكلام ده صاحبى

وعمره ما بيكدب

دايما بيعبر عن حالى

بيفرح لفرحى

ويزعل لزعلى

مابيقولش وأنا مالى

الورق الأبيض

بتزينه حروفى

تنوره أكتر

تغلب بيه ظروفى

لأ مش خوفى

أصل أنا ما بخافش

ده طبع في، بيه مولود

أنا الموجود

من قبل الكون وتكوينه

فما بترددش

زى النيل بيسرى من غير حدود

كأنى مخلوق من طينه

36

وشرايينى شرايينه

مية النيل ديه دم

جاية بدم

رايحة بدم

حرقة أم

ومن كتر ما الدم ده طاهر

صبح شفاف

عايزنى بعد كدة أخاف؟!

ده مصر رضعتنى

الشجاعة والجراءة والإصرار

لا يهمنى أعدى في برد

ولا يهمنى أعدى في نار

بس مش هوده الى علموهلنا

لما كنا صغار

تقولش مدارسنا كانت لسان الحاكم

ولازم

تحطلنا لجام

وتبريرهم أن أحنا ناقصنا نظام

كأنهم مش شايفيين

وكأننا مش عارفين

هما رايحيين لفين

وأحنا رايحيين لفين

37

ولما كبرنا إلتقينا

هما راحوا

وأحنا بقينا

وده مش قمة الإنتصار

لسة بدرى على المشوار

بس المصير صبح في إيدينا

والشعب بقى صانع قرار

مجنون بس عاقل

مجنون بس عاقل

متشائم متفائل

بقول مافيش فايدة

وبعافر

متغرب وأنا فى بيتى

وبحس بالدفا وأنا مسافر

وبشوف حاجات

ماتتشفشى

وبسمع حاجات

ومابقولشى

وليا قلب ياريته متحجر

بس النبض فيه عالى

ما كل ما يموت لمصر وليد

ببكى كأنها أم لعيالى

وساعات بحس بحاجات

وساعات بحس بحاجات تانية

وساعات الثوانى بتمر سنة

وساعات السنين بتمر ثانية

ماهى الحياة فانية

وحملها تقيل

بس أنا شراييني نبعها جى من النيل

فعلشان كدة متعود على الشيلة

مهما كانت الرحلة طويلة

وتطول ولا تقصر

كله بيعدى

المهم ماكنش مقصر

وباخد بإيدك وأنت تاخد بيدى

وأنت يا صاحبى صاحب؟

ولا زى الباقى دياب

كل ما أجى أفتح لغدى

يقفلوا عليا الباب

مش عارفين أن مفتاحه

تعليقته فى رقبتى

ومهما حاولوا وناحوا

أنا برده مستعدى

وبقولها وناويها

هعيشها وأرويها

من عرقى وشقاية

تطرح بساتنها

ألوان وغنواية

أغنيها من نايى

وتعزفلى بربابة

تسَمعنى فى ركوتا

يا ليل يا عين

وتِسمعنى فى سوينت

بقول اه يا با

مش بالعيش وحده

أنا موجود بوجود مش موجود

لا أنا فاضى ولا مالينى برود

ولا بعرف أنام بالذوق

ولا بعرف من الحلم أفوق

أصل أنا بحلم وأنا صاحى

متوقع فى يوم نجاحى

مش غرور

لكن ثقة بالنفس

مش مستنى الدور

لكنى ماشى بالعكس

زى السمك فى البحر

حى مش ميت

ماتقولش بعمل سحر

ولا صورتى بتزيت

بس أنا موجوع

مش من الجوع

لأن مش بالعيش

وحده بعيش

ولا فتلة فى شمعة

بتسيح

42

وبتطفى فى وش الريح

أنا موجوع علشان

بين كلامى والناس حاجز

مقص الرقابة على رقابتى

جاهز

يقصقص قلبى وعقلى

والإحساس

ويخلى كلامى مداس

ينداس وينطرح خارج

ويقفل عليا مخارج

كانت مداخل لصوتى

مقص خبيث وعارف

أن ده هيكون سبب موتى

بس أنا ملح الأرض ونور

ونار بركان بيثور

وحصان رهوان

وقوى زى التور

وإنسان قوى

غرقان فى الإنسانية

وملاك هلاك

باخد حقى بإيديا

بفهم فى السياسة

43

لكنى ما بحبهاش

ريحتها وحشة قوى

وكل الى داخلوها

....

ولا بلاش

بقفل منها الشباك

وبفتح للناس الباب

بس الى عايزة تسمع

وتفهم وتشوف

والى كسرت جواها

جدار الخوف

وحتى لومش فى إيديها

شموع

تيجى تحت القمر

علشان تقرى كتاب ممنوع

بفهمنى ومابفهمنيش

أنا ساعات بفهمنى

وساعات ما بفهمنيش

كأن جوايا واحد عايز يموت

وواحد تانى عايز يعيش

وماليش

غير حلم حلمته والحلم ضايع

ومابقتش عارف أنا الى شارى

ولا أنا الى بايع

ومش لاقى حقيقى مانع

أنى أشيل بإيدى كفنى

كأن واحد تانى فى المرايا

هوالى شافنى

ساعات بقول

هيفيد بإيه لوكسبت العالم

وخسرت نفسى

ومش هقول كان نفسى

ما أنا قلتها كتير

كام مرة كتبت وقلت بضمير

وكأن الضمير شىء منفى

وكأنى أنا مسبى

وأنا الأسير

وحتى يا دوب النفس الى بخده

محسوب

ولازم أدفع فيه دمى على أقل تقدير

ودمى كأنه رخيص بس عندى غالى

وكان المفروض أقولها بس ما قلتهاش

وأنا مالى

طب حقيقى وأنا مالى

وليه أنا زعلان

هوأنا هغير الكون

لا أنا شمشون ولا طرزان

ولون الحيطان بهتان

وذكريات فى الدواليب

وحكايات ورا البيبان

هوأنا الطبيب ولا أنا العيان

ولا أنا دلوقتِ غير الى كنته زمان

ويا ما قلت كلام موزون

متخبى فى المورستان

ويا ما قلت كلام تانى

كلام بجد عنيف

سميته فى سودويات تخاريف

بس الرك على القارى

بيقرى كلامى مع فنجان قهوة

ولا بيقراه تخاطيف

وكام سنة راحت

وكام سنة جاية

وبيزعلوا لما بقول

قد كدة الناس غبية

لما تفترض فيك الغباء

هوأنا يعنى علشان طيب

يبقى ناقص فيا ذكاء

طيب انزل الملاعب لاعب

ولا أفترض الإصابة

والحياة غابة

أما أبقى حمل وصت الديابة

يا أما أبقى ديب

وذات الرداء الأحمر ذنبها إيه؟

بس ديه قصة تانية

ولوفاهم هتعرف ذكرتها هنا ليه

وأمى ربتنى على الحكمة

والحكمة ساعات بتخنق

بس خنقة عن خنقة تفرق

المهم ماكنش بلياتشو

قدام الناس بيرقص

ولا أكونش عامل شو

والبرد فى القلب يقرص

أصل بصراحة ما أتعودتش

أكون بوشين

ولا ألعب على الحبلين

ولا أكون هنا حاجة

وهناك حاجتين

وبعدين

الى عجبه عجبه

والى مش عجبه يخبط

دماغه فى الحيط

ممكن تقول قبل ما أختم

ده كلام مجانين

أوده شوية شخابيط

بس أنا مش هكون بتاع تلات ورقات

ولا هعمل فيها عبيط

أنا زى ما أنا هفضل أنا

علشان لما يقولوا مات

يقولوا مات راجل

زى ما عاش

لا رضى مرة يتاطى

ولا راحت حياته بلاش

48

مات الكلام – قام الكلام تانى

مات الكلام

مات الكلام فى الحلق

والخلق نامت

ناموا كأنهم أموات

ما يصحوا

حتى لوالقيامة قامت

والصوت بيفلق الحجر

بس هما كاتمينه

ومافيش نصيب ولا قدر

غير الى أحنا عايزينه

بس بدام راضيين بالذل

والمر شاربينه

يبقى ليه بقى نشتكى

والسر عارفينه

وماتقوليش أنت قد إيه

من القهر مضايق

ولا تقولى أصل وفصل

وواجه الحقايق

أنت فى الأصل خايف

49

والخواف بيعمى حاله

علشان ما يبقاش شايف

قام الكلام تانى

الصبح شقشق
قلت الى على بالى
وسط الجبال شق
نازل سيل عالى
وحتى لولسانى اتشق
مش هشفق على حالى
لحد ما الحقيقة تشق
ضلمة الخوف خالى
جبان فى وجه الحق
مايعرفش يقول لأ
وعند الشواف ضرير
ماية ناشفة فى قلب الزير
ومادام أنت راضى ذليل
إزاى تبقى بطل مواويل
وأنا رضيت بنار الدنيا
مش خايف من الى جاى
ما بيتغيرش شىء فى الكون
لوقاعد طالب شاى
وأنا قلتها مرة
مش محتاج أتنيها

لو الحياة عوجة

هفردها وأتنيها

وأشكلها بمزاجى

شراشيب على ستارة

تمص لون قمحى

سكر قصب شص صنارة

شروة سمك بشباك

اطرحها على بيتى

وأقف على الشباك

أتملى جمال غيطى

يخدنى نهر الأمل

لخضار بساتينى

ولون الطمى حمار

رمان على عينى

أشوف جمال خطوتك

حبيبتى مصرية

جبينها ناصع بياض

عينيها قمحية

بتقولى بطل معاكسة يا واد

أرد أنا فى الشوق لى غية

وغية حمام بيرفرف

إيديها محنية

52

أشبكها بالخلخال

تشبكنى برموشها

أقول فيها كام موال

للصبح سهران فى عروشها

تيجى سبايك فضة

من النيل معدية

تحت القمر طلة

وردة جورية

على شعرها الأسدال

ريح شمالية

ترفرف على الخدين

والضحكة ديه ليا

الليل لوحتى طويل

معاها كأنه ساعات

تغرب شمس الأصيل

تنسينا الى فات

والعاشق صبره جميل

متعود على الأهات

ووعد الحر دين

والتاجر الشاطر مايبعش بخسارة

وكلمة الشريف مش بين وبين

وبيقولها بجسارة

حالف لأشيلك جوا ننى العين

وأحميكى يوم ورا يوم

وأفضل سندك وضهرك

لحد ما القيامة تقوم

ناس عايشة ولبس جديد

نفضى تراب الخيانة من على قلبى

وأمسحى من على جبينى

عرق الذكريات

وأملى ايدى من نبع الامل

وخلينى أصدق فى الحاجات

وامشى بعيد

بس وانتى ماشية

خدينى معاكى

لناس عايشة

ولبس جديد

ولوحتى مسافرة

بالمعافرة

حطينى فى الشنطة

وعل المحطة

قليلهم ده حبيبى

ما أقدرش أسيبه لوحديه

هوبيموت فيا

وبموت أنا فيه

وتبتى فيا بإيدك وسنانك

زى القطة لولادها

ولوحد قال مالك

قولى الناس مابتهجرش بلادها

وان أنتى بلدى

إلى هعيش وأموت فيها

وليها

كل إنتمائى

ومافيش شئ باقى

يمنعنى عنك

غير موتى

وموتى فى بعادك

وشاكك

أنى ممكن أكمل المشوار بدونك

ومين غيرى أنا ممكن يصونك

فأدورى لفى

خدينى على جناحك

وطيرى قد ما طيرى

وفى الشتا دفى

قلبى إلى ما هانك

ولا تحبي غيرى

حارة وشارع

حارة وشارع

وصوت منادى

عربيات وسايس

وعسكرى واقف

عند الإشارة عادى

ولا على باله

بيتفرج على الأنسة إلى قباله

إلى خبطتها نص نقل

راكبها سواق جاهل

ولا كأن شيء حاصل

وسواق ميكروباص

خريج جامعة

عزم خطيبته على حاجة ساقعة

واقفين بيتفرجوا على صاحبة الصيت والغنا

إلى كل الإعلاميين بياخدوا منها حديث

قفلت التلفزيون موجوعة

صاحبة المرض الخبيث

حطت إيدها على خدها

وقالت يا مغيث

حرارة الواد عالية

الساعة عدت إتناشر بثانية

صحابه اكيد جاية؟

ده انا جايبلها كارتين بمية

حطت الكارت فى الماكينة

مش عارفة تتعامل

ده أول يوم المعاش

الله يخربيت الراجل

إلى جوا

ممكن يا أستاذ؟

طب الكود السرى إيه هو؟

بصلها ورجليه مجروحه

صعب عليها بس لقت التلاتة التانيين سلام

قطعت جناحين من الفرخة إلى لسة مدبوحة

ده تهريج. قاعد على المكتب تنام؟

يا أفندم الشغل كله تمام

انت كنت فين؟

شفت المجلس إنبارح

هات تفاحتين

يا عم ديه ناس رايقة

انا لسة فايقة

مش عايزة نكد

وأدى الدبلة

58

خليها تنفعك

فاكرنى هبلة؟

يا بنتى ماتغلبنيش

الباص مستنى

بسم الله الرحمن الرحيم

يارب أعنى

الدخول كابلز بس

يا أبنى أختشى على دمك بقى وحس

سمع هس

مبروك يا عروسة

البقاء لله

كان يا كبد أمه عريس

الواد تاه مش لقياه

يا عم ديه كوسة

خلاص دخل الجيش

هاتلنا بجنيه عيش

خلاص هتسافر

أقعد ذاكر

والأن

مصنع إلتهمته النيران

بعض المصابين وقتيل

غرق عبارة فى نهر النيل

تصادم قطار

سقوط طائرة أقلعت من المطار

حادث إرهابى يقضى على حياة المئات

قوم خدنا نتفسح

بدل ما انت عمال تقرى صفحة الوفيات

بخلق من عدم

كل مرة بمسك فيها قلم

حتة من روحى بتتسحب

بتتكتب

على ورقة بألم

كأنى إله بخلق من عدم

أشياء مالهاش مثيل

حلم جيل

مايعرفش المستحيل

دماء قتيل

مرمى يصرخ فى حضن ليل

طفل بيلعب المنديل

بيتمنى يركب على ضهر فيل

وأشوف أيام حياتى

قالقاها بتتسرق

زى شمعة كل ماتاخد منها نور

تتحرق

وتتطفى

ويسيح الحبر ويدوب الكلام

وتكتفى من تانى بالضلام

كأن لا فيه حد كتب

61

ولا حد قال

ولا حد علشانك

حبره سال

أكتبلك حاجة مفرحة

بتقولى إكتبلنا حاجة مفرحة

بلاش نكد

طب إزاى والفرح للحزن سجد

وصعد الحزن عالى

رفع رايته على جبالى

ناس بترفرف قلوبها

من السعادة

وناس بترفرف قلوبها

من طعنة السكين

وناس بتشرب قهوة سادة

فى عزا ناس تانيين

بس ساعات الى مات عايش

والى عايشيين ميتيين

وساعات لسة بقول الفرح جاى

وأدينى مستنى

لا بييجى الفرح ولا بجنى

غير شوك حرقتى

واهة الحرمان

وليل متخبى

فى ظلمته الأحزان

فما تجيش تقولى

أنت كمان

أكتبلنا حاجة مفرحة

فماناش كاتب

إزاى عايز كاتب

يكتب شعور مش فيه

أنا لا جاى أعتب ولا أعاتب

أنا بس حبيت أقولك

على الى بحس بيه

حبة صور

مع الشتا الحلم عمال بينطفى
ويختفى فى برده
تاخدنى الذكريات لبعيد
لولد شقى عمال بيحتفى
وبينكفى فى عنده
سارح فى الخيال وسعيد
وتمر الأيام وهو ولا على باله
فراشة الأمل عمالة بترفرف
وهوعايش راضى وفى حاله
من الفرح عمال بيقطف
ماكانش مصدق فى الساحرة الشريرة
إلى بتخطف
مننا الأحلام
ورد الجناين دبل
حبيتين وينام
ونصحى على حلم شريد
عدى فى الوريد وانتهى
حبيبتى إلى كانت حبيبتى
جابنى النصيب عندها
بس النصيب بيخيب

بيحب بس يصيب

ويهرب من بعدها

ويسيبني بس أكتفى

مستنظر فى غده

جالس حزين ووحيد

ده قلبى غفى

وحفى وأنا ساير هنا عنده

بعد العشم فى العيد

وسماع الأغانى والتهنئه

وبكل ثقة

أطلع مهندس، أطلع دكتور

أطلع طيار وأركب طيارة

ماكناش نعرف أنه هنا بالدور

الكل يقف فى طابور

يستنى الأخبار السارة

ولعنة المجموع

والخوف والجوع

وطبقة إجتماعية راقية

جنب حارة شوارعها غرقانة

عرقانة مجارى بالأسبوع

علمى، أدبى، إمتحان قدرات

دروس خصوصية والمدرسين هات

فن ايه ورسم ايه ورياضة

ديه المذاكرة أصبحت عبادة من العبادات

والعباد صبحوا عبيد

وقعوبعد ما إتنشكلو

بقوا يقولوا ايه الجديد

كأنهم إتعودوا وإتشكلو

بأشكال بقت بليدة

بقى لا ليها لون ولا ليها طعم

ولا ليها منظر

حاجة بقت فريدة

حاجة بقت تحير

وتطير العقل من الراس

واتقسمت ناس تدوس

وناس تنداس

وناس وظيفتها طلق رصاص

ويبدء هم الوظيفة

حكومة ولا خاص

والجواز والبحث عن عروسة

ديه شفتها حلوة

يا عم ديه جاموسة

ديه شفتها على حل شعرها

ديه بس ملبوسة

ديه مؤدبة

ديه مهرجة

ديه بنت ناس

ديه رقاصة

سوق والبضاعة حاضرة تملى

والنبى يا عم شوفلى واحدة مش متباسة

صنع أجنبى وتقفيل محلى

وبعد دفع الشبكة والمهر

والشقة وأقساط الشهر

تيجى الخلفة معاها كسر الضهر

جبتوا واد

جبتوا بت

العيب على الراجل

لأ العيب على الست

مبروك ربنا يخلى

خدى يا أختى سمى

هتخاوى بقى امتى

ويتقالى

يا جدتى

يا جدى

يا خالتى

يا خالى

يا عمتى

يا عمى

الواد عيان

البت سخنة

شوفلنا دكتور

هوبكام تمن الحقنة؟

مصاريف المدارس

مصاريف الدروس

مصاريف الملابس

فلوس، فلوس، فلوس

وأهو حلم تانى صبح محبوس

بابا بحبها

يا أبنى إلى ماعهوش مايلزمهوش

ماما هاموت لوما أجوزتوش

إتنيلى على عين أهلك

بجد يا حبيبتى فرحانلك

والحياة كدة دواليك

شوية معاك

وشوية تحط عليك

وفى أخر المطاف أطياف

تطلع حبة صور متربة بردانة

كانت فى يوم غد دافى جميل

وتميل وبصوابعك تلمس الوشوش

فى ناس فيها برغم من رحيلهم عاشوا

وفيه ناس ما يتعاشروش

وتقفل عليهم تانى مع الأحلام

وقبل ماتقفل تكون النظرة الأخيرة

وتغمض عنيك وتنام

كلام على الورق

هيصحل إيه

لوكلامى الى على الورق

بيتبخر أوبينحرق

عادى هجيب كلام جديد

أنئح من الأول

بس يصعب عليا

أشوف كلامى

بينسرق

والى سارقه بيفتخر

وبينتحل شخصيتى

بس بقول معلش

أصله ناقص ربابة

وماترباش تربيتى

واحد عايش عوالة

ماعندوش عقل يفكر

فهيجيب منين القوالة

يا أهلى وحبايبى

سدوا ودانكم

وغموا عنيكم

ويا ناس تعالوا بالعاجل

واسمعوا

ان كان ده راضيكم

عندى عم وخال

مافهومش ولا راجل

ولا حد فيهم كان بيعافر

الى كان راجل بحق

أبويا

وأبويا عاش راجل

ومات راجل

وأنا بقول ده ما ماتش

ده مسافر

عارف مكانه

ومستنظر اللمة

أشوفه أجرى عليه

ياخدنى بالضمة

يا مستنظرين اللقا

الحب ليه ناسه

يجرى عليهم

ويجروا عليه

يتجرعوا كاسه

أما أنا وحبيبتى

قصتنا على الورق

من وحى الخيال

لا فيه حد صدق

ولا حد فى مرة قال

بحبك

غير لما أعرف أنها كدبة

كل واحدة بتقولها

علشان عايزانى لعبة

الى فرحانة بطولى وعرضى

والى فرحانة بوجهى المليح

والى فرحانة بكام كلمة بكتبهملها

يطيروا ويا الريح

لكن ولا واحدة فيهم

همها إيه يفرحنى

ولا سبب حزنى

ولا إزاى شرايينى

بتنزف كلام

ولا إزاى الفكر

نبضه لا بيهدى

ولا بينام

فبكتب عن حبيبة

خلِقها من الأوهام

تفهمنى لوحدها

من غير كتالوج

تسمعنى كموج البحر

وقت ما يروق

ماتمسكليش على الوحدة

لأ، بالذوق

وكل الى نفسها فيه

تلاقيه

تكلمنى عن أحلامها

ألاقيها أحلامى

أحترم أنوثتها

فرحانة بمقامى

كيانها يدوب

فى كيانى

كأنها من ساعة الولادة

عارفانى

من سكات (العرض مش للبيع)

أنت عارف

أنا بفكر أمشى من سكات

حتى لوقالوا كلامى مات

مش مهم

كنت عملت إيه بالكلام

بدل السنة عدت سنين

والهم نفس الهم

زى الحمام

حداية تخطفه

في غمضة عين

يغرق في دم

وأنا حر الإرادة

بس مسلوب أمرى

زى النخيل شامخ

بس مسروق تمرى

والأمر مش هين

بس من الى شفته أنا

مبين

إن أخر المشوار

إنحدار

لا عندى جناح

أطير من جبل عالى

ولا مكار زى التعالب

فاكرنى أنا المغلوب

بس أنا الغالب

كفاية ليا ضمير

وأعرف يعنى إيه إنسان

وكان ليا شجر الخير

بس لف عليه تعبان

ونهش فيه بنيابه

وملاه من سمه

وعروسة إتلفحت بتيابه

شاربة من دمه

وأنا الى كنت فاكرها أميرة

فاتحلها قصرى

وحبيتها حب شديد

ماغبتش عن نظرى

نمت أنا وإرتحت

قامت طاعنانى أنا في ضهرى

يعنى في الحب طلعت أنا فاشل

وأنا الى علمت الحب بإمتياز

خلاص أنا قررت عدم الإنحياز

حزن، فرح

سعد، ترح

مابقاش يفرق معايا أى جرح

أنا جسمى إتملى من الجراح

لو حتى هتزوّد

مش هتلاقى مكان يكَفى

بس ليه الإضافة

مش كدة خلاص يكفى

ولا أقولك زود كمان

ده كان زمان

الضرب فى الميت حرام

والحى أولى

بس دلوقتى الإسم إسم إنسان

والصفة لا قوة ولا حول

قالوا باب النجار مخلع

خلعوا ضلوعى

دولا الى كانوا

بيتدفوا بشموعى

نزّل ستار المسرح

مشى الجميع

خلاص العرض إنتهى

والعرض مش للبيع

أكرملى أمشى من سكات

ولا أن كلامى يضيع

حروف

أنا بكتب علشان أكتب
ولا بكتب علشان تقرى
ولومش بكتب علشان أكتب
وبكتب علشان تقرى
يبقى ليه بقى بتكدب؟
وبتكدّب الورقة؟
ماهوكل شيء مكتوب
وكل حرف يا دوب
شابك على جاره
صوته لومكسور
يحضنه في داره
وياخده بالضمة
علشان كدة يا امه
لا عمرى نصبت
ولا بنصب كتبت
ولا جريت
ولا جَريت
لكن بالغصب أنا أتجَريت
لويعرفونى يا امه
ويعرفوا حكايتى

يكتبوا فيا أنا كاتب الحواديت

حواديت

وأبقى ايه ومثل

في كل شارع وفي كل بيت

أنا نويت أعلق حروفى

على الورق بدون ترتيب

وأخلى كل حرف زيى غريب

مكسور كدة بدون ضمه

بدون لمه

بدون ما حد يشبكه

ويعنيه

ويحافظ عليه

هسيبه كدة يا امه

زى ما أتعمل فيا يتعمل فيه

ولوقلتيلى مش ذنبه يا امه

يعنى هوذنبى أنا كان إيه؟!

الحلم

ما قلتولناش ليه ممنوع علينا نحلم

والحلم مش لينا

وإن علينا نعيش ونموت

زى ما رحنا، زى ما جينا

ليه ما قلتلناش إن أحنا

جيل منحوس

حتى الكهربا قطعت

لما علقولنا فانوس

بس الصراحة إحنا عايشيين

فى ضلمة من زمان

مش ضلمة نور

لكن ضلمة مكان

ضلمة دماغ إنسان

معششة فيه الدبابير

لما يفكر تلسع

وتقول ده للخير

وتعابين وعقارب

ولومش راضى

وعاجب

هتعمل إيه يا مسكين

هنلاقيها من شعبنا

ولا من الحاكمين

قلت أهج وأروح أتغرب

مش لأجل لقمة عيش

لأجل حرية فكر

وكأن كلامى ده سكر

والناس بتستغرب

...

لا أنا نوح فى قلب الطوفان

ولا يونان فى بطن الحوت

ولا نبى ولا ولى

بيطوف على البيوت

أنا إنسان عادى جدا

هاجى فى يوم وهموت

بس الى مش عادى

والى مش مقبول

إننا نقف فى طابور

وحتى مش بالدور

عادى بنتفرج

ومش بنتحّرج

لأ ده أحنا كمان بنتكبر

وفيه الى عدى وسبق

وكان قبلينا متأخر

...

فضيحتنا بقت بجلاجل

وبنقول عادى

كفرنا كل الناس

والكل صبح عادى

مش عارفين أن الحساب آجل

ولسة ما لحقناش

شفنا بالعاجل

وأدينا أهو بننداس

ولا فيكم ولا راجل

...

ولا شغله ولا مشغلة

حتى الشغال عاطل

أكتر بلد مالية الجامعات

أكتر بلد شهادات

بتتحط على الحيطة

الأخلاق مش فى أجسام البنات

الأخلاق فى النصب فى الزيطة

بس مين يسمع ومين يفهم

ومين عايز يكون مسئول

أصل الرك على السامع

مش على يقول

والسمع مش بس بالودن

السمع بالى يعقلها

بس بدام أنت رامى ودانك

حلنى لما تعدلها

...

كفاية مش هقول كمان

أصل مش هفضل فى نفس المكان

أقول نفس الكلام

ولا ألاقى حد بيهتم

ولا شئ بيتغير

أنا أيوة مش هغير جلدى

وهفضل زى ما أنا عنَّدى

بس هسكت خلاص

لحد ما تيجوا تقولوليلى سمعنا وفهمنا

وبقينا زى الناس

بس علشان خابزكم وعاجنكم

...

عارف أنى كنت بنفخ فى قربة مقطوعة

لا فيكم شاطر حسن

بس فيه أمنا الغولة

زى التلميذ، كله إتخرج

84

وهولسة فى سنة أولى

خربتوها وقعدتوا على تلها

وأنا كأنى كنت بتكلم فى اتة محلولة

هدف واضح

لما تبص للسما

تلاقيها زى سقف اوضتك واطى

والكون كله تلاقيه ضيق عليك

ساعتها بتحس بأنك فى الدنيا غلط

وحد جابك هنا وضحك عليك

وتفكر مين وازاى وليه

ودماغك توجعك من التفكير

وماتلاقيش إجابة واضحة

وتحاول تنام، النوم يطير

...

الهدف كان واضح

لكنه مع الأيام تاه

هو الغلط فيا أنا

ولا الغلط فى الحياة

...

وتبص تلاقى كدة الدنيا مقلوبة

تمشي فى طريق تكعبل فى طوبة

ما قالوا زمان مايقعش إلا الشاطر

والشاطر ده أنا، ماشى برجل معطوبة

86

أنا الملعون

أنا الموجود من قبل الكون وتكوينه

وأنا المسجون فى جسد مخنوق بطينه

وأنا الملعون

واللعنة ماسكانى

متبتة فيا

كأنى بقيت

أسطورة منسية

بنده عليك

يالى سندت ضهرك

وصلبت طولك

ليه مابقتش تسمعنى

ولا سمعتنى صوتك

أشهد يا بحر

واشهد يا ريح

ع الى أتعمل فيا

ماكنتش فاكر

هتجيلى الضربة

من أقرب الناس ليا

أنا إلى كنت

قايد من قلبى شمعة

وانا إلى كنت

بمسحلهم الدمعة

ليه أول ما سنوا سكاننهم

دبحونى

وليه بالرخص باعونى

وأنا كنت بالغالى شاريهم

ده أنا كنت نور ليلهم وأغانيهم

وأنا إلى كنت على كتافى شايلهم

وأنا إلى كنت فى حزنهم ضحكة

وأنا إلى كنت من الفرح بسقيهم

ده جزاتى أترمى رمية

هوده العدل والرحمة

ده كدة تبقى الحياة عامية

مابتفرقش فى الزحمة

يا قلبى يا محصور

وسط سور

ما بين ضلعى وما بين صدرى

هل ياترى كنت تدرى

الى هيجرالك

ولا السؤال كان يتسأل بدرى

فات الكتير والقليل هيفوت

ومن حسرتى

ومن حرقتى

عارف أنى

هگتم وهاموت

أنا إلى سبتك

أنا الوجع المعشش جوا روحك سكون

نقطة سودة فى بياض العيون

شهقة ألم وذكريات

قلب كان حى ومات

أنا إلى سبتك

ولما سبتك

الجمر أتحول رماد

قليلى بقى كان فاد بإيه العناد

أنا كنت الثوانى والدقايق والساعات

دلوقتى الوقت بيمر بيكى من سكات

كان ضلى يكفى يدفيكى

وكان حلمى الندى على خضار أراضيكى

وأهودلوقتى مرض الحصاد وأنزوى

وقع شجر قلبك من حبة هوا

قليلى بقى بقالك كم سنة

بتلمى شتات حلم كان حلمنا

ماينفعش تنسجى من خيوط الماضى توب

ولا تملى الفضا جوا القلوب

أنا إلى سبتك

ولما سبتك

90

الربيع جواكى أتحول خريف

والحلم إلى كنت بتحلميه

أصبح كابوس مخيف

كنت الجناح إلى ضمك وبعدتيه

كنت الأمل إلى ماتعرفيش ترجعيه

حبنا أنكسر تحت رجليكى بيجرحك

تيجى تقربى تلقى عقلى من قلبى بيمسحك

كان مطرحك كل حاجة حلمتى بيها

كان مطرحك جنة

وأديكى أتطردتى من عليها

خاينة

مش نفس العيون

ولا نفس الشفايف

بس جواكى شايف

بأمانة

نفس الخيانة

هوأنتى خاينة بطبعك

ولا بتخونى هواية؟

ويا ترى هي كمان

نفس الحكاية؟

خاينة مين علمك؟

ولا مش محتاجة علام؟

الطبع فيكم كدة

والطبع طبع لئام

خاينة لما بتصحى

خاينة لما بنام

والى كنت فاكرها هتدوى جرحى

زودت على جرحى ألام

...

رحت أزرع في أرضى وقلت أشيل شوكه

قالوا الورد حلو بالرغم من شوكه

ولما جيت أحصده ما جنتش غير شوكه

ويا بحر من كل الى جواك سمكك بشوكه

رحت أصتاد فيك ما أكلتنيش غير شوكه

حتى لما جبت الجديد وقلت أهو بشوكه

طلع الجديد متل القديم نبش في قلبى شوكه

ع المحطة

ع المحطة في عز المطر

واقفيين بشر

بيسئلوا ده كابوس

ولا يوم منحوس

يصحوا على دقة خطر

والقطر لسة ماجاش

وحسبتها ولا محسبتهاش

الوقت على الساعة الكبيرة عبر

يا ترى يا إنسان في الإنتظار

هيكون إيه الإختيار

هتكون شجرة ليها ثمر

وهتفتح قلبك لغيرك

وتضحك وتدى خيرك

ولا هتمر الساعات هدر

بيتى تانى واحد على اليمين عند بتاع الورد

ورقى الأبيض بلونه بالحبر

يصبح بينطق شعر

وناس ومدن وقلوب

وحاجات قديمة بتدوب

وحاجات لسة يادوب

فى أولها

منها شمس عنيكى المشرقة

بتجفف نهر دموع

كانت متدفقة

المدن مش بيوت

والناس مش مجموع

المدن حكايات

وناسها الموضوع

وانا بطل حكايتى

وحبيبتى بطلتها

أبتدتها أنا

واختتمت بطلتها

وما بين أولها وأخرها

كتير

حاجات سهلة وواضحة

وحاجات محتاجة تفسير

فاصلة ونقطة وتعجب وإستفهام

بداية وعقدة وحل زى أفلام السيما تمام

بس لا السبكى منتجها

ولا اتصورت فى خمس أيام

الحبكة تشد

والتصوير تحفة

والحوار إرتجالى

الإخراج كان جد

مافيش مصادفة

والمكسب الإجمالي

تلتمية المية

وده كان شئ مستبعد

على الحياة العاطفية

جوا كل العيون كان معروض

حتى أتعرض أكتر من المفروض

فيه إلى فرحوا بفرحنا

وفيه إلى الغيرة أكلتهم

بس أنا متفهم كويس

وحاسس سبب قسوتهم

الحب شىء غالى

لا بييجى كتير

ولا بيكرر

لا عليه تحذير

زى التدخين والسكر

وكل ما تاخد منه يزيد

عكس كل حاجة بتاخد منها تنقص

ودايما فيه الجديد

وقلبك من الفرحة يرقص

فاكر أول مرة سألتنى العنوان

قلتلها على ال جى بى اس يبان

بيتى تانى واحد على اليمين

عند بتاع الورد

أكتبى بس عايزة أروح لحبيبى

وهو حقيقى بجد

هيوريكى الطريق

خدى أول طريق فيهم

ده الأسهل

التانى برده هيوصل

بس هتلفى كتير

فإيه لازمتها العطلة

والتأخير؟

...

اه وعلى فكرة بتاع الورد ده أنا

واخد البيت بالمحل

وكنت بدور على وردة نادرة

لا زهر ياسمين ولا زهر فل

وقلت لولقيتها

مش هبيع ورد تانى

أنا بس هزرعها

وأسقيها فى مكانى

وأسيبها للشمس تدفيها

وأسيبها للحياة تحييها

وأفرح لفرحتها

لما تطلع أحلى ما فيها

كتبت على بابك

كتبت على بابك بحبك

ومضيت

ومضيت

ماعرفتيش حروف إسمى

ولا جسمى إلى داب ليكى

ولا روحى إلى سارحة فى عنيكى

ولا قلبى إلى تاه فيكى

وماعرفش يرجع السكة

ولا عارف ينظم الدقة

دقات قلبى بقت إسمك

وبقت روحك تطوف ليلى

أحلام عمرى بقت رسمك

وبقى جسمك تفاصيلى

نفسى (فتاة من الوادى الجديد)

نفسى أدوق طعم الحاجة ديه الى بيسموها الفرح

نفسى أرقص زى الناس وأروح مصيف أنزل بحر

نفسى ألقى الوضع طبيعى وده بتهيألى مش محتاج شرح

ليه بعيد عنا سلام وامان وحوالينا دايما جهل وفقر

قلبى من جواه بارد قوى واحنا لسة فى عز الحر

...

من فضلك لوسمحت قولى أعمل إيه؟

ده أنا من غلبى بنام وأحلم بإلى أنا عايزاه

علشان عارفة أن الحلم عمره ما هيصحى

فبنامله أنا وأتمناه

تعرف وضع حد بيغرق

وإيديه ممدوه تترجى نجاة

ده وضعى أنا، ده وضعى هنا

منفية فى بيتى مش عايشة حياة

...

الله يخليك، خليك ساكت

تعبت انا من كتر كلام

سبنى دلوقتى أحلم حلمى

أروح لسريرى وأتغطى وأنام

بيات سنوي - (أجرة يومية)

أنا قررت

أتعمى وأطرش

وأخرس كمان

حتى بفكر أنى

ما أكنش من الأساس

إنسان

بصراحة بفكر في بيات شتوى

وبيات صيفى

بيات ربيعى

وبيات خريفى

يعنى من الأخر بيات سنوي

وأقعد أنا مع نفسى على كيفى

أعملها ديمقراطية، أعملها رأسمالية

أعملها مهلبية

وأحط على الراس تاجى

وأجى أجيب حجرة

وأنقش عليها دستور بمزاجى

ولا أقولك مالوش لازمة

وجع الراس

يعنى رايح أعمل بيات

من غير الناس

علشان أشغل نفسى بيهم

مادام الحال راضيهم

هما أحرار

إنشالله يولعوا في النار

يعنى أسيبهم كدة وأقعد ساكت؟

أنت يا أبنى حمار؟

ما أنت يا ما قلت ويا ما عملت

إهدى بقى، إكتم، إتبط

طب والأرض والعرض؟

والهرم الى عايزين يهدوه؟

وأبوالهول الى عايزين يسلسلوه؟

يبقى أكيد أنت إجننت

إهدى كدة إقعد وحللها

مش أنت بتقول المنطق

إنطق وقولى فيه حاجة ممكن تعملها؟

ها....أأأ

ها إيه

يا فرحتى بيك

وأديك شفت في الأخر رسيت عليك

طائفى،خاين،عميل

والقاتل حكم عليك أنت القتيل

بس...

بس إيه

بس الليل...

ماله الليل...

الليل له أخر

وبيطلع النهار

ومن الأخر

صوت الحق

أعلى من صوت الدمار

وهفضل باصص

في عيون الشمس

لحد مايبجى بكرة

ويموت الأمس

وتطوى صفحة من الزمان

ويصبح الحلم حاضر

وأفضل في نفس المكان

وأكون هنا حاضر

شاهد على الى صار

أعلم الى جاى معنى الإنتصار

يقوم ياخد باله ومايكررش الى فات

ولا يسيب حد عامل نفسه معدى

وعايز يبات

ويسيبله الشقة

ويصحى الصبح يكتشف السرقة

عايز أعلم أبنى الى لسه ماجاش

أن دول غير اى حرامية

بيسرقوا مش ببلاش

ده عايزين كمان أجرة يومية

تهييس فى حديقة الحيوانات

أنا بعترف بصراحة

ماعرفتش أعمل من الفسيخ شربات

ولا أجيب الديب من ديله

والتعلب فات منى فات

وفى ديله سبع لفات

والدبة وقعت منى فى البير

والى وقعها صاحبى وطلع خنزير

ومصر خطفها ساحر شرير

وهنا مقص وهنا مقص

وهنا دستور عمال يترص

والدستور أخوانى أخوانى

زنوا بيه فى ودانى

وأتعمل وطلع تهييس

زى البت والحج ونيس

وسحبوا جواز صادق موريس

وتاتا خطى العتبة

تاتا حبة حبة

تاتا الإتحادية

خطفوها

و غموا عنيا

105

واحد إتنين

سرجى مرجى

أنت علمانى

يعنى خمرجى

والمرشد جاى ليا

جاى الساعة ديا

راكب ولا ماشى

راكب أخوانجية

بيقولوا علينا أقلية

أقفلوا عليه السكة

وقلولوه روح نام

الأخوانجية وراه

والسلفيين قدام

قولوله نام كويس وإتغطى

وهندبحلك جوزين طائر النهضة

...

المرشد عايز دستور

والدستور عايز أصوات

والأصوات عند الفقرا

والفقرا عايزين سكر

والسكر عند الأخوان

والأخوان عايزين شيوخ

106

والشيوخ عايزين فلوس

والفلوس عند الصندوق

والصندوق عايز دولة

والدولة فى إيديكم

ضربة تكعور عينيكم

فهرس

I0681620

www.ingramcontent.com/pod-product-compliance
Lightning Source LLC
Chambersburg PA
CBHW070913030726
47504CB00005B/1570

* 9 7 8 1 9 8 9 3 5 2 1 4 4 *